Ceri a Deri

DIM AMSER I GLOCIAU

Max Low

Ceri

Deri

GRAFFEG

DiM AMSER
I GLOCiAU

Mae'r llyfr hwn
yn eiddo i:

_____

Ceri a Deri – Dim Amser i Glociau
Cyhoeddwyd ym Mhrydain yn 2021 gan Graffeg
Limited.

Ysgrifennwyd a darluniwyd gan Max Low,
hawlfraint © 2018. Dyluniwyd a chynhyrchwyd
gan Graffeg Limited hawlfraint © 2021.
Addaswyd gan Mary Jones.

Graffeg Limited, 24 Canolfan Busnes Parc
y Strade, Heol Mwrwg, Llangennech, Llanelli,
Sir Gaerfyrddin SA14 8YP Cymru
Tel 01554 824000 www.graffeg.com

Mae Max Low drwy hyn yn cael ei gydnabod yn
awdur y gwaith hwn yn unol ag adran 77 o Ddeddf
Hawlfreintiau, Dyluniadau a Phatentau 1988.

Mae cofnod Catalog CIP ar gyfer y llyfr hwn i'w
gael o'r Llyfrgell Brydeinig.

ISBN 9781912050048

1 2 3 4 5 6 7 8 9

Cath yw Ceri. Ci yw Deri.
Mae gan Ceri streipiau a
smotiau sydd gan Deri.

Maen nhw'n byw mewn
tŷ bychan ar stryd fawr
ac maen nhw'n gwneud
popeth gyda'i gilydd.

Maen nhw'n ffrindiau
mawr.

Mae Ceri yn aros am Deri.

Roedd Deri eisiau mynd i sblasio mewn pyllau dŵr y bore hwnnw a dydy cathod ddim yn hoffi sblasio fel mae cŵn, felly roedden nhw wedi cytuno i gwrdd ar ôl cinio.

Ond mae Ceri wedi bod yn aros yn hir am Deri. Pam mae Deri yn cymryd mor hir?

O'r diwedd, dyma Deri yn dod, heb ddim brys o gwbwl.

'Rwyt ti wedi bod yn hir! Rydw i wedi bod yn aros yma ers amser maith,' meddai Ceri.

'Dwedaist am i ni gwrdd ar ôl cinio,' meddai Deri.

'Wel, mi ges i fy nghinio'n gynnar am fy mod i eisiau bwyd,' meddai Ceri.

'Wel, mi ges i fy nghinio'n hwyr am nad oedd arna i eisiau bwyd,' meddai Deri.

'Sut allwn ni gwrdd â'n gilydd mewn pryd os nad ydyn ni'n gwybod pryd mae amser cinio?' mae Deri yn gofyn.

'Amser cinio yw pryd bynnag rwyt ti eisiau bwyd,' meddai Ceri. 'Ond os nad ydyn ni eisiau bwyd bob amser yr un pryd, sut byddwn ni'n gwybod pryd i gwrdd?'

Tra maen nhw'n meddwl am y cwestiwn anodd hwn, mae merch fach mewn ffrog werdd yn cerdded heibio.

Gwen Fach yw hi. Mae hi'n glyfar iawn ac mae ganddi'r ateb i'w problem.

'Mae angen clociau arnoch chi'ch dau!' meddai.

'Clociau! Beth yw'r rheiny? Beth allan nhw wneud? Allwn ni eu bwyta nhw? Ydyn nhw'n ein bwyta ni?' mae Deri yn gofyn.

'Mi wna i esbonio,' meddai Gwen Fach.

'Mae gan gloc fysedd ar ei wyneb sy'n pwyntio at yr amser,' mae Gwen yn esbonio.

'Bysedd ar ei wyneb!' meddai Ceri yn rhyfeddu.

'Ie, bysedd ar ei wyneb, a rhifau hefyd. Mae'r bysedd yn pwyntio at y rhifau ac yn dangos ichi faint o'r gloch yw hi.'

Mae Ceri a Deri yn rhoi eu dwylo ar eu hwynebau, ond dydy hynny ddim yn eu helpu i ddweud faint o'r gloch yw hi.

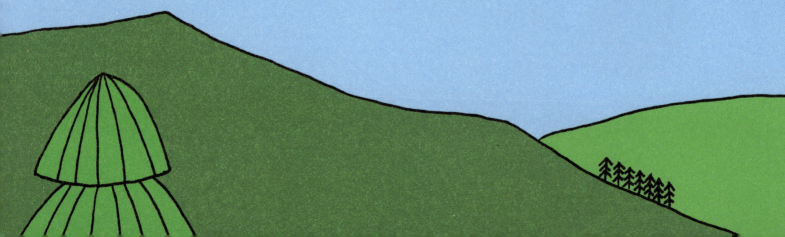

'Mae'n ddrwg gen i, Gwen, ond dydw i ddim yn credu bod hynny'n wir. Mae'n swnio'n wirion! Does dim byd mor rhyfedd i'w gael yn y byd i gyd!' meddai Deri.

'Ie, pa fath o anifail sydd â bysedd ar ei wyneb yn pwyntio at rifau?' meddai Ceri, gan geisio gweld darlun o'r creadur rhyfedd yn ei phen.

'Na, nid anifail yw cloc!'
meddai Gwen.

Mae Ceri a Deri yn edrych
yn syn.

Mae angen i Gwen gael
ffordd arall i esbonio beth
yw cloc.

'Arhoswch fan yma! Fe
ddof i 'nôl yn fuan!' meddai
gan frysio i ffwrdd.

Mae Gwen yn dod 'nôl yn cario dau gloc mawr, un glas ac un coch.

'Dyma beth rydw i'n sôn amdano. Clociau yw'r rhain!' meddai.

'Edrychwch, mae ganddyn nhw wyneb gyda bys mawr a bys bach. Mae'r bysedd yn pwyntio at y rhifau i ddweud faint o'r gloch yw hi. Mae'r bys mawr yn pwyntio at y munudau a'r bys bach at yr oriau.'

'Rydyn ni'n dau yn eitha clyfar, Gwen...' meddai Ceri.

'Clyfar iawn, iawn,' mae Deri yn ychwanegu.

'... ond does gennym ddim amser o gwbwl i glociau!' meddai Ceri.

Mae'r rhifau hyn i'w gweld yn ddryslyd iawn iddyn nhw. Beth yw ystyr y rhifau? Sut bydden nhw'n gwybod pa rif sy'n golygu amser cinio a pha rif sy'n golygu amser te?

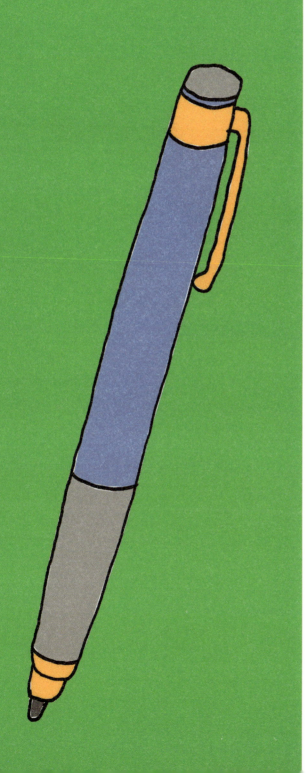

Mae Gwen yn aros am eiliad ac yn meddwl am gynllun clyfar.

Mae'n cymryd pensil lliw ac yn dechrau tynnu llun ar un o'r clociau.

Mae'n tynnu llun powlen o rawnfwyd wrth y rhif 8 ar gyfer amser brecwast. Mae'n tynnu llun gwydraid o sudd oren wrth y rhif 11 ar gyfer canol bore. Mae'n tynnu llun brechdan wrth y rhif 1 ar gyfer amser cinio. Mae'n tynnu llun cwpanaid o de wrth y rhif 4 ar gyfer amser te. Ac yn olaf mae'n tynnu llun plât mawr o fwyd wrth y rhif 6 ar gyfer amser swper.

'O, mae hwn yn hawdd ei ddeall!' meddai Ceri.

'Ydy, wir – ac rwy'n credu ei bod hi'n amser te nawr!' meddai Deri, yn breuddwydio am deisen. Mae gweld y bys bach ar y rhif 4 yn gwneud i'w fol gadw sŵn mawr.

'Cewch gadw'r clociau. Nawr byddwch yn cwrdd ar yr amser iawn bob tro!' meddai Gwen.

Mae Gwen yn gosod y clociau o gwmpas eu gyddfau fel mwclis mawr. Mae Ceri yn cael y cloc coch a Deri y cloc glas. Mae'r ddau yn edrych yn smart iawn.

Erbyn hyn mae bol Deri yn gwneud mwy o sŵn nag o'r blaen, hyd yn oed. Mae bron â marw eisiau ei de.

Mae Gwen yn awgrymu eu bod i gyd yn mynd i Dŷ Te Tomos cyn iddo fynd yn rhy brysur. Beth os na fydd teisen ar ôl?

Yn ffodus, mae gan Tomos deisen ar ôl. Yn wir, mae wedi gwneud gormod! Felly, mae Ceri, Deri a Gwen Fach yn eistedd wrth y ffenest yn cael eu te gan wylio'r byd yn mynd heibio y tu allan.

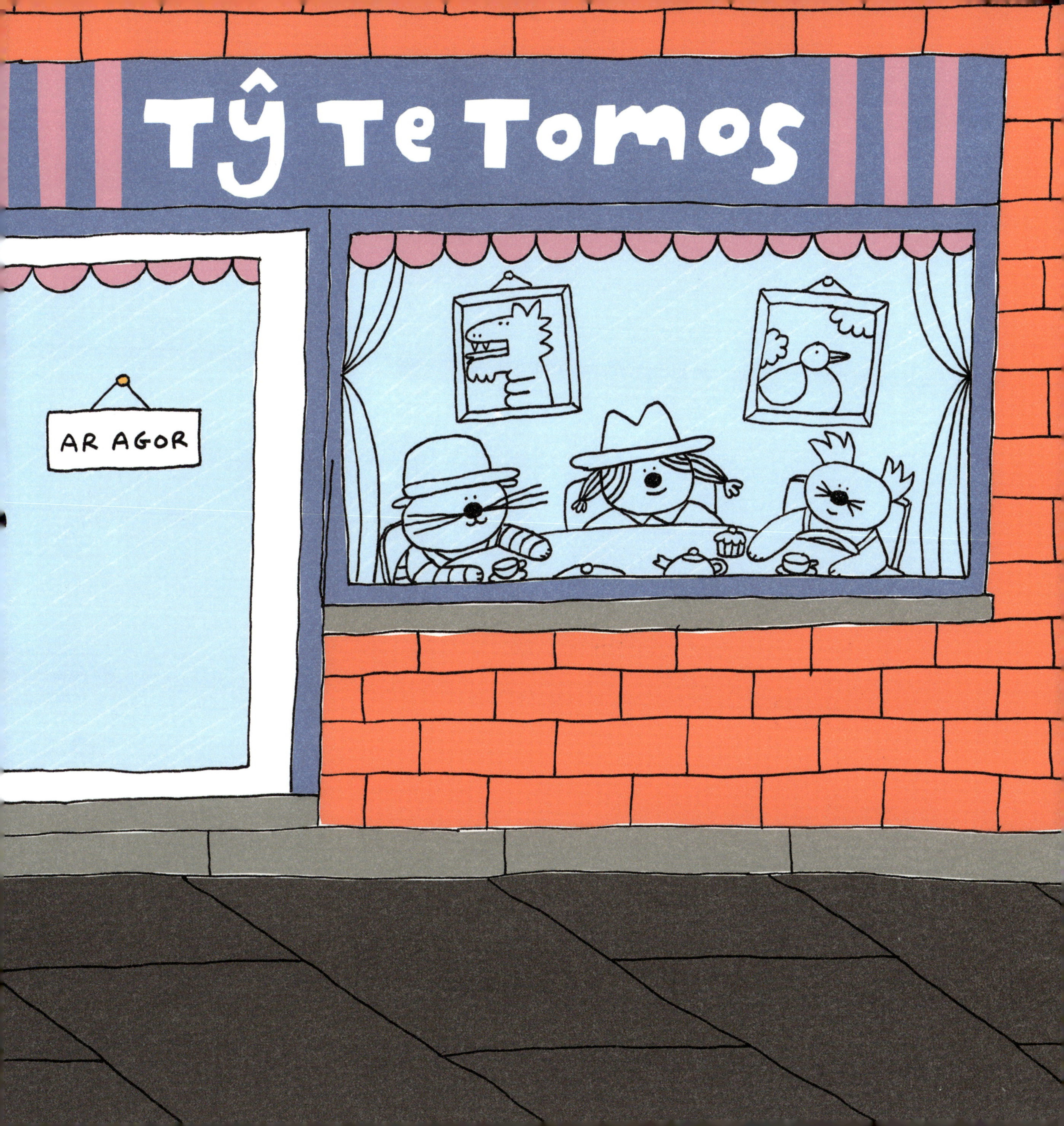
Tŷ Te Tomos
AR AGOR

Maen nhw'n yfed eu te ac yn bwyta'u teisen gan siarad am eu diwrnod.

'Faint o'r gloch yw hi nawr, Deri?' mae Gwen yn gofyn.

Mae Deri yn edrych i lawr ar ei gloc. Mae rhywbeth rhyfeddol wedi digwydd!

Mae'r batri wedi dod i ben a'r cloc wedi stopio am 4 – amser te!

Mae Deri yn edrych yn hapus iawn.

'Rydw i'n hoffi clociau,' meddai.

'Mwy o deisen, os gwelwch chi'n dda.'

Ceri a Deri

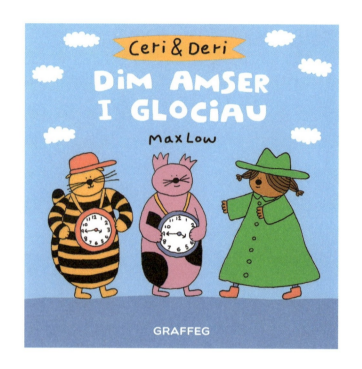

Ceri & Deri
DIM AMSER I GLOCIAU
Max Low
GRAFFEG

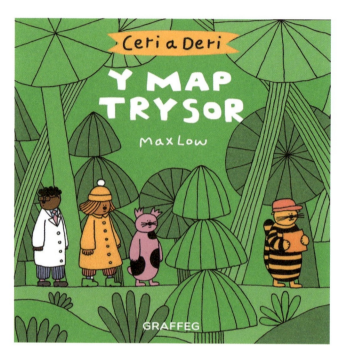

Ceri a Deri
Y MAP TRYSOR
Max Low
GRAFFEG

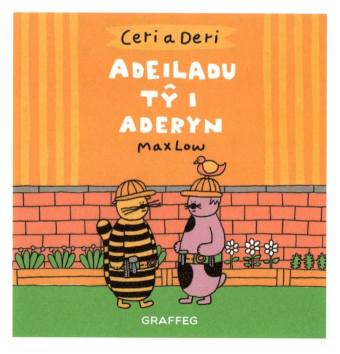

Ceri a Deri
ADEILADU TŶ I ADERYN
Max Low
GRAFFEG

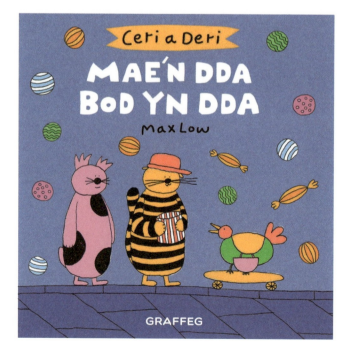

Ceri a Deri
MAE'N DDA BOD YN DDA
Max Low
GRAFFEG